詩集

恐竜の卵が降ってきて

井村たづ子

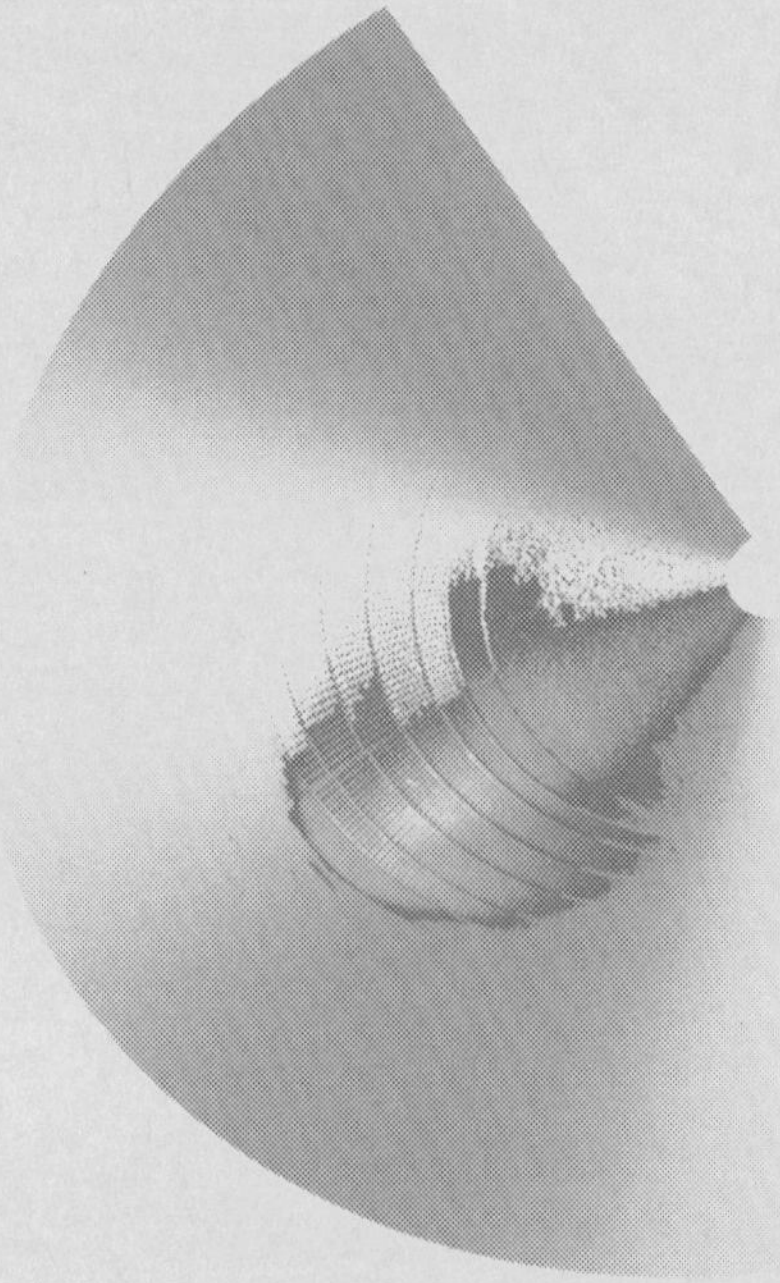

砂子屋書房

＊目次

装本・倉本　修

詩集

恐竜の卵が降ってきて

初日の出

しなやかに美しい紡錘形の船が近づく予感
甲板では大男がタクトを振っている
祖先や子孫を引き連れ
オーケストラのど真ん中
全身で暁の海を着たり脱いだり
金銀に輝く何万匹もの魚が
上げ潮の中を飛び跳ねる

太陽が両手に鍵を抱えて

悠々と登ってくる。
飛翔する若い鳥にそれを渡せば
どこか遠いところで
目覚まし時計のベルが鳴り
家々の扉が次々に開かれる
地球と地球が繋がれていくまっさらな朝

闇が溶けた港では
船がだいだい色の帯となり
金管楽器が奏でる
祝賀のシンフォニーは
つがいの水鳥を羽ばたかせ
澄みきった大空を
明日へと一心に送り出している

啓蟄

日が暮れあぐねている
光を失ってもほのかに明るい空
きりっと口元をこわばらせ
三軒先の空き家の敷居を跨いで出てきた黒猫
野生だけが持つ凄まじい筋力
その力のままに
湿った地面を剝がしにかかる

裏返った土壌から出てきた

ささくれだった枝や鳥の羽や骨
割れた瓶
えぐれた爪で掘り進めれば
たどり着くのは蛇の領域

語尾を切ったもぐらの鳴き声が
キキキキと響いた瞬間
ぬっと頭を上げ
赤い舌でチロチロと応戦してくる青蛇
とっさに猫は遅れてやってきた
夜の方へと後ずさる

月の高さは闇の深さ
ようやく孵化した満月が傷を舐め始め

猫は体重をなくし浮いたように歩き出す

三軒先の敷居では
別の黒猫がかぶさるように
牙を研いでいる

てこの原理

シュプレヒコールの前後は
思いの他　傾斜がきつい
朝の伸びやかな水脈にも
ところどころに落日が混じるように

旗が揺れる
大量生産される希望と
大量消費される疲弊と
大量放棄される平和の中で

あるかなしかの
ぎりぎりの未来を求めて

頂点は沸点をいっきに越え
君が僕が評論家がサラリーマンが
いっせいにこちらに傾いでいく

けれど　戦いが終わった公園には
彼も彼女も学者もサポーターもいなくなり
象が一頭　向こう側にどんと居座る
荒っぽい真実は遠隔操作で
簡単にすりぬけ
変化と同化が均等な地軸にまみれる街

熱源の意味を考えながら
炭酸のような星に向かって
見知らぬ集団と信号を渡れば
私の重心は無条件降伏のように
だんだんとなくなっていく

ナイフ

仮病で休み続けた水泳教室
そのプールの底で眠る
焦げ茶色に錆びたナイフを
掬いあげようとするたび
ナイフは
もっと遠く深くに埋もれる

遊泳禁止の墓標が立ち並ぶ海底へ
心を閉ざすごとに岩肌をなぞって進む
青蛇の住処へと

すべては
私の奈落を見過ごすために

昼の月が薄く嗤う

海に落ちる夕陽が
一瞬
刃物のように光り
錯乱するのはそのためだ

黒い廊下

話しましょう　話しましょう
黒い廊下はやってくる
真夜中
閉め忘れた扉の向こうから
昨日
散り染めた桜の枝葉から
毎日毎日
葬り去っていく詩の数行から

廊下には水が溜まっていて
まん中にはよくしゃべる猫が居て
水はどこからともなく湧いてきて
部屋は窓際に追いやられていって
今では家全体が黒い廊下のようで

話しましょう　話しましょう
水浸しの廊下はやってくる
蒼い天空には
冴え渡る月がひとつあって
壊れかけた地球には
まだ人も住んでいて

話しましょう　話しましょう

弾丸の一部が刺さった果汁グラスを片手に
黒い廊下は
わいわいがやがや　やってきて
まん中には　よくしゃべる猫がいて
ちょっとだけ休戦の日もあったりして

ピンクの豚

桜の舞い散る曲がりくねった国道を
ピンクの豚が右に左に
左に右へと走り回る

近くの養豚場から逃げてきたのだ
笑うように踊るように
制する警官をすり抜け　追い越し
丸い尻をぷりぷり振りながら

止まないクラクションの音と
どこからともなく集まってきた好奇な人の波
警官の白い手袋は見る間に真っ黒
頭上から
乱舞する桜吹雪は雪のように降りしきり

遠くでサイレンの鳴る音がする
生きることは逃げること
逃げることは生きること
豚には陽気な行進曲で

車列は止まったまま
時折　旗を振る男もいて
豚はありったけの力で走る走る

父も母も同胞も見られなかった
薄桃色の大天空を真上に見据え
らんまんの春を引き連れ
後ろにすさまじい死の刻を聞きながら

七夕

この一匹の亀は何の比喩なんだろう
毎年　梅雨明け前の頃
人のいない早朝を選んで
水たまりの空を踏み　池から這い上がり
グラウンドを西から東にのそのそ歩く

今年も来た
刈り取られた夏草は甲羅を隠すには不十分
卵を地中に産み付けている様子もないが

朝鳥の声と澄み切った凪しかない
ここにいると
徐々に私は遠い遠い記憶に呼び覚まされる

シダの森に囲まれ
ニホンカモシカが走り抜け
合戦で明け暮れたあのころ
確かにこうして出会った

今宵は七夕
何の約束をしたのかを忘れたのは
私たちが愚かだからではなく
傷ついた地球は

深い縁で繋がれているから
今夜は流れる星に
ひとかけらの未来が映るはずだ

緑ヶ原

古井戸の底にスイカが冷え
牛が四六時中草を噛んでいた緑ヶ原あたりは
今は無人駅

日に三本の間延びした電車が入ってくるたび
向日葵や立葵は数センチ背伸びをし
熱い顔を押し付けてくる

小川が枯れ果てた線路沿いには

ようやく読めるかすれた文字で
「美しい色は全て危険をはらむ」
という看板が立つ

そう言えば
緑内障　真珠腫　褐色細胞腫　黄斑症など
きらびやかな名前には
恐ろしい病が潜む

信号機が揺れるたび
土手の上　橋のらんかんにも
夕陽は迫り
わずかな客を乗せた列車は
死刑囚のように首を垂れて入ってくる

その背後で
青桐やカンナがいっせいに起き上がる
夜着に病を羽織り
群青の空が星に吸い上げられる　その時

聖地

取り返しのつかない事をやってしまった人を
　沼地の鳥と言う
これは有史以来の我らのルールだ

沼がせり上がる夜中
月の光に導かれ
羽毛の一枚一枚がきれいにたたまれ
返される

しかし　それを我らは
死骸とは呼ばない

眠りもせず
危うい高見から
沼がみしっと揺れる
それだけの瞬間を
雨のような目で
見つめ続ける

蛍の店

蛍の店に向かっています。夏の頃はどの店も地味ながら繁盛していたのですが、晩秋を過ぎたあたりからは、地図からも消え記憶を頼りに、すすきヶ原をかき分けかき分け進みます。

蛍の店は小さな光だけを商います。細かな透きとおった光ですが、百店以上建ち並ぶ店に一斉に明かりが灯ると、黄泉の国に誘う花の競演のようです。時折、金魚売りも通り過ぎますが声は潜めています。蛍の商店街は静けさも売り物です。

店はなかなか見つかりません。日暮れが近づき、寒さがまとわりつかないうちにたどり着かないと、罪のように灯る私自身の赤い光に出会うことが出来ないのです。

そんな人が何人かいるのでしょうか。どこかで出会い、離れ離れになった人が、呼び止めるわけでもなく、呼びかける事もせず、前に後ろにとついて行きます。

いつの間にかに篠突く雨です。冷たい雨粒の向こうにまばらな光が浮かび上がります。罪科を求める人のために、やはり蛍の店は野辺の端にひっそりとのれんをかけていたのです。

詩

朝　目覚めた時の
身の震えるほどの恐怖感や孤独感は
私が今居るここが
かりそめの場所だからなのだろうか

いつまで経ってもこの世になじめない
どこまでも追いかけてくる土地
そのくせ　決して戻ることを許さない土地

数値化された会議と会話
断続的な雑音
微妙な誤差は致死量の劇薬が混じり
投げかけられた敵意を差し引いても
たちまち身体は色を変え移動し
心はひとりになる

それでも　たたずむ街には塔があり
私は手さぐりで
そのてっぺんに登ってみる
けれど　そこも
果てしもなく続く深い夜と闇ばかり

聞こえるだろうか

開始と終止の二重奏が痛む
異端の地で
常に不在を抱え込み
宛てのない住所に手紙を送る
私の数行の叫び声が

かたち

山を焦がすさんぜんたる夕陽
犯してもない罪を
ぶちまけたくなる赤い色だ

目の前を隠者が通り過ぎていく
私は呼び止めて認めてもよかった
見失って認てもよかった
すべてを

人はどんなかたちをしていましたか
魂はどんな色で塗られていましたか

私は薄くたれて
消えていくだけでよいと思った

石仏

いっぱしの石として生まれ
苔むす仏として育った

南方海上からやってきた
嵐に叩きつけられ
灼熱の海原を揺らいでいる

流木に胡坐をかき
炎天下の塩を舐め

金平糖をちりばめた星空に
発泡酒のような恋もしたが

来る日も来る日も
カモメの喧騒で明け暮れ
不埒な風に弄ばれているうちに
木片が私の上に載っているような気がして
水平線あたりに目をやると
風景の骨として
上になり下になりの存在だったと知り
千の耳は遠く
果てしもなく遠くなる
何かを隠し持っていたはずの内部も
だらだらと崩れ落ち

誰よりも沈黙に耐えた私はいない

魚族のうぶ声と読経が交差する紺青の海
弓なりの空の端で轟く雷鳴が
容赦もなく私の頭をはねとばす

浜辺の街にて

真夏の浜辺に捨てられた
白いパラソルを孤児のように引き取る

丘陵地帯を走る単線の鉄道は
「海風駅」で三両目から外される
外された車両はどこに行くのだろう

突然　濃い霧の中に現れた湖の
そのほとりにたたずむ

30年も前の恋人を連れて
銀河の村まで連れていくのだろうか

恋人の指はほっそりと長く
指輪を外した薬指の先には
蒼い呪文が小さく灯る

行きずりのような海岸列車を見送ると
私の頭上には
寡黙な太陽と
波間を踊る澄み切った光の粒子
空の色に最も近い船が停泊するだけ

気難しい午後の天気が暴れないうちに

つかの間飼いならした
小鳥の声を瓶に詰めてこの街を出よう
30年も前に置き忘れた白いパラソルを大事に抱えて

梅雨明け

大男が
赤道を超えて
太平洋を跨いでやって来た

ど真ん中で
太陽が髭を剃っている

紫外線がじりじりと
ひまわりの青い目を焼き始め

クジラは
海底から風船を飛ばしている

南から北へと熱風がたぎる日本列島
青蛇が一匹
透きとおった朝露を
泳いで
悠々と通り過ぎた

徘徊する女

家路を忘れた月が河原を照らして
さまようとき
徘徊する女の背中には
まだ夕陽が残っていて
面影橋をかすかに赤く染めている
女は病を寝かしつけ
化粧けのない顔のまま
錠前をかけ忘れた裏戸から
今夜もこっそりと出て行く

羽虫が騒ぐ蒸し暑い夜
月が動くと影もほろほろと動き
いつのころから連れ立っている
不在と肩を並べる
物の怪も不在も慣れてしまえば
老骨の一部
生まれ呑まれ含まれていく
うつぶせの河原の上では
青白い雲が夜回り
あやめが女の横顔と重なり
ほろほろと崩れるのを見ている

来る者は来て帰る者は帰る

奇妙な夜
誰かの呼ぶ声が
面影橋の腫れを一瞬冷やし
低く低く響いている

紫陽花

私の胸から落ちていく雨が
紫陽花を濡らしている
墓石が立ち並ぶ里山の中腹
花は浮かぶように　ひとつ咲いては散り
ふたつ散っては咲いている
そこかしこ
ほのかな色香をまきながら

足場の悪い斜面をナメクジが一匹

這い上ってくる
白く波打つ身体は泥土を抜け出すと
自らも大きな球体に一部となって
水浅葱の池に落ちていく
しんと揺れる青い水面
雨はナメクジのふくらはぎまで水を含ませ
すべらかに満ちていく時間

けれど　高い所からぐんぐん雲が溶けて
急に夏空になった足元には
おびただしい虫の死骸と枯れ枝
逝った人が拾いにくるだろうか
潰れたナメクジも散乱して
私の胸からも透明な水が逃げていく

ひび割れた空の下
にわたずみが昼の月を薄く映し
紫陽花の花弁が内浦に沈んでいくと
里山はまた新しい死者を探しにいく

川のほとり

昔　焼き場があったという
新興住宅がたち並ぶ川のほとり

流されていく木々の残骸を
じっと見つめる少女がいる
枝葉の切れ端は澱みにつかまり
離合集散していくが
手順通りあぶくとなれば
世の中のリズムは穏やかに進むだろう

少女の影が痙攣して
白昼が一層際立つ
砂場では蟻に捕まった蝶々がもがいている
ボール蹴りに夢中の子供たちの歓声が
蝶々の羽を切り裂いていく
公園の賑やかな午後

熱い風が住宅街の歯を鳴らす
均等に切り分けられた日常と
量産された幸福　太陽は少し錆び
飛んでいる鳥が傾く空
記憶の陽だまりで手を振るのは誰だろう

昔　焼き場だったところ
息もできずに死んでいった夏蝶のゆらぎ
ベランダに降りれば一面の河原
水面に揺れる陰膳の食卓
一律に輪をなす防犯カメラには映るだろうか
玄関先の花々が華麗なダンスを見せても
内側には容易に人を受け入れない集落で

影法師

後ろを向くと誰もいない
誰もいないのに
影法師がつかず離れずついてくるので
闇はさらに深く
果てしもなく広がる

夏が急に終わった次の日
南西の風をひっぱたく音がして
立ち止まると

公園の錆びたブランコに
黄金の光が次から次へとこぼれ落ちていた

人でなしと言われた日から
私の周りは人でないもので溢れる
例えば
散歩の途中に耳に入ってくるピアノの音
鍵盤に落ちていく指を辿ると
裏道から横道
海に続く小さな路面まで
言われない叱責や虫食いメール
数え切れない夏の破片が待ち伏せする

信号機は渡らない

すれ違う人と目が合えば
人でなしと言う波が襲ってくるから

誰も載せないブランコにも影法師は揺れ
ふと気がつくと　私は私の影を踏み外す

冷えた地球

　ネクタイがねじれていると言われたまま出かけてきた夏の朝。群青の空から入道雲が湧き上がる。公園のベンチに寝そべりぼんやりそれを眺める。蚊が尻を刺す。携帯のラインが光る。妻からだ。今日は彼女の誕生日。欲しい物は買ってあげたいが、明日は言おう。二ヶ月前からリストラされていることを。

　無くした鍵でも探すふりをしてゴミ箱をあさる老人は自ら愛の歌を禁じているのだろう。私にはまだ愛の端くれはあるようで、またラインが灯る。「勤め先の地下鉄近くにある果物屋で良く冷えた地球を買ってきて」「冷えた地球？」「西瓜の隣にあるからわかる」

二ヶ月前まで毎日通いつめた地下鉄だ。踊り場から非常階段まで目隠しをしてでも行ける。公園をすり抜け地下道をかけ降りる。ベルが鳴る。激しく鳴る。電車が発車しようとしている。習性だ。急ぐ。しかし、どういう訳か。いつまで経ってもプラットフォームに行きつかない。しかも人の気配はするが、人ではない。番号がついた行列は顔がねじれている。頭が歪んでいる。全員解雇の会社のロゴを付けた男たちはひどくがらんとしている。妻に電話するも圏外。いや、どこもかしこも圏外なのかも知れない。左右の壁が焦げ臭い。炎上する前に冷えた地球を買わなければ。祝いの食卓に間に合わせなければ。

掟

さざ波が揺れている
サバンナの夕暮れ
動物たちはひととき
喉を潤し無言の雑談に興ずる
神々にひともりの落日を捧げる
精霊な儀式でもあるかのように

けれど　夜になれば
この森の繁みからも　あの崖の裏側からも

殺し合いがそそり立ち
孤絶の悲鳴は飽きることなく
墓場へと火を放つ

喰うものは
外皮から脳髄まで容赦なく
鋭い牙で獲物を切り裂き
喰われるものは
脾臓の奥の奥まで
死を引きずり出される
至福と絶望がごちゃまぜになった原野

大鷹が月の卵を匿って飛ぶ
ひび割れた空のもと

うっかり生まれてしまった命を
いぶかるように
神々の息切れと咳が手に取るようにわかる場所で
死が朝日に暴かれ淡々と干からびる前に

雨

弓なりの空の端から
黒い雲が立ちこめ
堪えきれないように雨が降り出した
雨はどこから来るのだろう
空にも傷があって
そこから悲しみが滴り落ちるのだろうか

待っていた友人は来なかった
郵便物一通　届かなかった

夜のしじまで
カラスの「カアー」という鋭い一声
木の寝台から滑り落ち
巣に帰りそびれ
垂直のカラスの首が跳ね返る

息を潜めた
その位置から
束になり　折れ曲がり
揺れ動く地面を押さえつけて
四方八方から雨は来た

「口を割るな」

思いもよらぬ残響にたじろぎ
数珠つながりの水の帯のあとを
夜がずきずきと疼いている

空き家

夕陽を飲み干した空き家は
天井がひび割れる低い音を聞きながら
色づく一番星の方へと
ゆっくりと傾く

人の顔をした芙蓉の葉が
割れた窓硝子の中の人を
無用な舌で舐め回しおびき寄せようとするが
未だにそこに存在した者を

見た者は誰もいない

苔むす玄関の敷石は墓石の足元
月が出た夜は
月が一晩中失くした足跡を探し続け
颪の吹く日は砂埃が泣き通すという

全ては夜が招く残像なのだ

日没の速さで人も家もすっかり老い
積もった懐かしい時間を
五本の指でなぞったりする

濃霧に煙る朝

芙蓉の葉がまださめざめと
眠りの底をさまようとき
水銀灯の小さな瞬きとともに
がたがたと音をたてて
崩れる空き家に
着飾って入っていく人を
見た人は確かにいる

夜の学校

とりあえず身長だけは伸びた
一センチ伸びるごとに大切なものを
見失っていった気がする
踏みつけたスニーカーで
懸命に坂道を自転車で漕ぐ時
仕事の棘や理不尽な怒りを
一緒に一気に蹴とばす

背の高い夕陽が裏戸から

金の陽炎を引き連れて出ようとしても
まだ暮れなずむ宵
木造の階段を少年が一段飛ばしで登る音が
あたりに響き渡る
鈍く光る水銀灯が半分開いた
校舎の窓を薄く照らしている

誰も好きではない事を隠して入っていく教室
十六人の呼吸でクーラーが唸る
優しい音楽より
怒濤や濁音の方が耳に馴染む

黒板に蛇がとぐろを巻く
昨日一匹だったものが二匹

蛇が増殖する速度で
少年のノートが埋まる
逝った夕陽が
のたうちまわる少年の散文詩を
中庭の電柱の間からじっと覗き込んでいる

幻　夏

水の中でうっすらと汗をかき
花弁をゆらゆら　ゆらして
生き生きと死んでいる水中花

濡れたまつげの少女が覗きこめば
真夏の美しい村がそこに広がる

水蜜が太陽の指で愛でられ
向日葵の波が

地平線の高さで大らかに合唱する

向こうの橋のたもとから
笑いながらやってくるのは
亡き祖父と祖母だろうか
肩先に血縁のしるしの鱗が光っている

ひとしきり
おしゃべりをして
すらっとした背びれの青い魚を掬いあげれば
蟬しぐれが稲妻のように刺してくる
その森を三人は
日暮れに向かって
少しだけ急いで歩いた

夏の終わり

山ゆりがすうっと二輪　花を咲かせている
老人が宛名のない手紙を
ポストに落としたところ
かすかにほんのかすかに
地軸が右に傾く音

缶ドロップの赤が剝げたような
風呂屋ののれんの前で
私は確かに痩せた鹿に会ったはずだ

湯気で濡れた背中を涼しげな風が渡り
急に横道からサイレンを消して出てきた
救急車の後をずっと追い続けた
あの鹿はどこへ行ったのだろう
もしかしたら　あれは
群れをはぐれた私だったのかもしれない

夏が終わると　間違いなく
今日で終わるとわかる場末の路地
その獣道を真っ直ぐ進めば
すすきが一面に広がる懐かしい草原

水に濡れた青い月が
行く宛てのない手紙を朗々と読んでいる

鹿がみじろぎもせず
それを聞いている深夜
どこかから霧がたちこめている
明日からは私の晩年
闇へとわずかな灯火へと

葬列

見上げた少女の目の高さで
銀杏の枯れ葉が舞っている
揺れる眼差しは
言い訳のようにふっと地面を這い
果てしもなく続く
黒い制服の列へと向けられる

素焼きの瓶から汲まれた水は
生徒たちの手を冷やし

手から胸へとしみ込む間
読経は小刻みに大小を繰り返しながら
近づいてくる

一昨日　自死した少年の引きずる足音は
どこからともなく響き渡り
破れたサッカーボールが
位牌の位置をほんの少しずらす

さしあたり成長に合わせた体操着は
ぎゅうぎゅうで学校の身幅には
いつも釣り合わない

誰もが加害者で誰かが順番に被害者

気配を消して歩かなければならない掟に
少女はつまずき立ち尽くす

葬列を見守る晩秋の空からは少年の残像が
枯れ葉のように次から次へと降ってくる

白い布

日本海の無人駅に
遅い桜がひとひらひとひら散っていく
五歳の女の子が
「必ず迎えにくるから」
と言い残した母をひなが待っている

壊れそうな改札の木戸が開き
ぽつりぽつりと客が入ってくるたび
子供の瞳はぱっと花のように開き

数秒後には愕然と陰のように萎える
かじかむ掌の中の梅干しの握り飯は崩れて
夕陽のようにあたりを真っ赤に染め
そのうち　新緑が闇を誘い
気まぐれに来る列車の窓を薄橙に照らす

「その子は母が戻らない事を
心のどこかで知っていたのかもしれない」

再会したのは二年後
霊安室で白い布に包まれた無口の母
女の子は布に残った焼け焦げまで憎み
白いコンクリートの病院も
好きにはなれなかった

十八の春　まだ桜がつぼみの裏日本
少女は裁ち方も間違えた白い布を繕う為に
看護学校に入学した

老人は……

老人は毎日生まれる
うぶ声も上げず喝采もなく
分厚い老眼鏡をかけ
染みのついた古い鞄を大事に抱え

時に老人は
目深に帽子を被り
杖をつき背を丸め
裏街道を這うように歩く

本当は優しくしてもらいたいのに
カタガキ世代の愛情は
いつも
いびつに湾曲し増殖していく

平成最後の枯れ葉が舞う
穴埋め問題のように
次から次へと
老人は枯れ葉同様今日も生まれる
人を傷つけた分だけ無邪気に笑い
諦めた分だけ眉間に皺を寄せて

交差点では
青い空と海が混じり合う

浮力と重力がせめぎ合うように
取り残されて老人はまた生まれる
真ん中で立ち止まり一挙に大量に
「おいでおいで」をする如来様には
一切見向きもせず

船

水を張った洗面器に
強い不眠の顔が浮かぶ時
産毛を弾くはずの水滴も
両の掌から　あっけなくこぼれてしまう

昨夜から続く
錆びた夏の雨も止まない
羽化したばかりの蟬も
二つ三つ　窓硝子にはりついて

すぐそこ　すぐそばに
船体の低い舟に乗り込もうとする人がいる
昏睡の海に押し戻され　押し流され
もう　とりとめもない事に
業を煮やす事もなくなるだろう

船頭が最後の客を呼ぶ
洗面器に水紋が走る
人の形のおびただしいしぶきがかかるが
それが　他者なのか自己なのかわからない

逝った人が置いていった石鹸で
瞼の裏を洗うと

「眠ったら」
澄んだ微かな声が聞こえ
乾いた唇に僅かに色が差す
波の向こうには
遠くに消える一隻の舟

あとがき

詩を書く時、私は自分自身を滅ぼしたがっているのではないかと思う。あるいは、自分自身を斬りつけたいと。または、自分自身に放火しているようだとも。

昔昔大昔、二億三千万年前、ヒトがまだ影も形もない頃、シダやソテツが生い茂る無彩色の森を我が物顔で、のっしのっし歩き回り殺戮を繰り返す幼稚で獰猛な恐竜という獣がいた。彼らは食うために巨大化し、食われないがためにもっと大型化した。

鋭い歯と恐ろしい鉤爪、徒党を組み敵に挑み引きずり倒す。恐竜は絶えず自分の声のする方へ。興味があるのは自分だけなのに。それでいて、自分の姿は想像したことすらなく。

結果、生も死も抱え込んで心中する水死体のように天を仰ぎ彼らは絶滅した。

誰かに似てないか。人類か。いや私だ。私こそが心中の片割れなのだ。

金属質の黒い考えが脳裏を滑って行く時、そのまま不謹慎なくらい安堵した気持ちで、ふつふつと湧き上がる何億年も前の恐竜の息吹を聞く事がある。月も闇も濃い夜、蠍や白鳥に姿を変えて降ってくる天の恐竜の卵たち。遠目にも詩となってうぶ声を上げるまで、私は永遠に卵たちと心中していきたい。

呆れるほど獰猛で幼い恐竜、私の為にご尽力を頂きました、野村喜和夫先生、砂子屋書房の田村雅之社長、おぼつかない足元に終始明かりを灯して下さった全ての皆様に感謝を申し上げます。

二〇一九年五月

井村たづ子

詩集　恐竜の卵が降ってきて

二〇一九年九月八日初版発行

著　者　井村たづ子
静岡県菊川市仲島二—四—三（〒四三九—〇〇一一）

発行者　田村雅之

発行所　砂子屋書房
東京都千代田区内神田三—四—七（〒一〇一—〇〇四七）
電話〇三—三二五六—四七〇八　振替〇〇一三〇—二—九七六三一
URL http://www.sunagoya.com

組　版　はあどわあく

印　刷　長野印刷商工株式会社

製　本　渋谷文泉閣